LÍNGUA SOLTA

flora lahuerta

prefácio de
eliane robert moraes

URUTAU
2023

O —

editora Urutau

rua dr. manuel pacheco nobre, 128, 5 esquerdo
2830-080
barreiro (setúbal)
portugal

rua do cajú, 478
jardim das cerejeiras, 06724-015
cotia-sp
brasil

[+351] 928053619 [portugal]
[+55] 11 9 4859 2 426 [brasil]

www.editoraurutau.com
contato@editoraurutau.com.br

[EDIÇÃO]
debora ribeiro rendelli
tiago fabris rendelli
wladimir vaz
[REVISÃO]
marcella sarubi
[FOTOGRAFIA DA AUTORA]
cedida por patricia black
[ILUSTRAÇÃO DA CAPA]
cedida por mariana zanetti
[IMPRESSÃO]
iverso
[ISBN]
978-65-5900-527-7

sumário

Para as minhas mães

[prefácio]

Eva na veia

Palíndromo, substantivo masculino, segundo os dicionários, é "frase ou palavra que se pode ler, indiferentemente, da esquerda para a direita ou vice-versa". É, portanto, aquilo que volta em sentido inverso e refaz inversamente um ciclo, assim como a semente que germina a própria árvore, a oração que agradece a graça concedida, ou o colo que a filha devolve para a mãe.

Ora, diante de uma poeta cujo eu lírico declara, já no primeiro poema da coletânea, ter sorvido "de tetas várias, mamas gentis", seria previsível que esse retorno fosse deveras fecundo. E o é, sem sombra de dúvida. Mas o que volta, aqui, é ainda mais que isso: trata-se de matéria preciosa que lapida a herança recebida para descobrir nela outros prismas, onde brilham novos sóis e novas luas.

Língua solta, de Flora Lahuerta, se estrutura justamente sob o signo do palíndromo e faz dessa figura uma espécie de guia de sua visada sensível. A começar do fato de que quase todos os poemas deste cativante livro são precedidos por um divertido palíndromo que os anuncia obliquamente, tal qual um criterioso oráculo, convicto de que toda palavra sempre pode dizer algo e seu contrário.

Delicada exploradora desse território de mão dupla — em que ida e volta se equivalem para precipitar a invenção de caminhos —, a poeta visita os diversos sentidos que a ela se oferecem e que, libertos das amarras do interdito, desconhecem por completo o veto da contramão: "HOJE SEDE É DESEJO". Eis o mote para que a língua se solte e, livre, só obedeça aos imperativos da imaginação. Nada mais pertinente para uma poesia que se propõe a tocar na misteriosa matéria sexual. Ciente de que o erotismo é, a um só tempo, corpo e fantasia, a língua solta de Flora Lahuerta vem confirmar que "paira sobre a nossa carne suada/poeira purpurina/rasa/galáxia de desejos instáveis/que ora/reluzem/ora calam". Daí que sua voz poética possa se desdobrar de mil formas, pois, sendo a "ave rasteira" ou a "salamandra em saltos", ela permanece na condição de "átimo antes/do rodopio/língua piando/papos sem papas/pipa afiada" sempre na prontidão do ato lascivo: "navalha-me deusa!".

Anáforas, assonâncias, aliterações e outras repetições de sons e de sentidos proliferam no volume para gerar diferenças imprevistas e atestar que, em matéria de sexo, o mundo sempre pode se reinventar. A voz lírica que espreita esse mundo pertence, decididamente, a uma mulher: "AI, EVA, NA VEIA!". Cósmica, geológica, vulcânica, tectônica, devassa, debochada, bruxa, deusa, queen, gata, tigresa, brasileira, lusitana e tupiniquim, herdeira de todas as mães e de todas as putas, e em pleno gozo da transmissão dos segredos lúbricos das "vulvas elétricas", essa mulher aqui surge para deslindar um novo palíndromo, substantivo feminino, sabedora que é de que essa língua "sempre volta/mas nunca volta//no mesmo lugar".

Eliane Robert Moraes

A vida é que me põe em pé. E a sede.
E a saliva. A língua procura aquele gosto
Aquele seco dourado, e acaricia os lábios
Babando impudente no casaco.

HILDA HILST

Na França, pescoço é cou/
(como tudo anda a esmo!)/
No Japão, Ku é ministro/
No Brasil, cu é cu mesmo...

BARÃO DE ITARARÉ

no princípio era a língua

quando nasci caí
em águas
de poção
mágica
que era leite

sorvi de tetas várias
mamas gentis
em bando
sobre meu pranto

uma das tetas
me deu Sade
outra churros caseiros
outra apenas tanto
calor

nem Ofélia
nem Obelix

virei devassa
amante das cheias
dos rios
e desvios do amor

no princípio era
a língua

feita de carne
sangue
e leite

depois palavras que jorram
feito bica
ou escorrem
molengas
e implacáveis

nas veias das minhas tetas
correm
as vozes
de todas as mulheres
em que mamei

AI, EVA, NA VEIA!

o nariz

logo nas primeiras linhas
te confessei
a minha tara por grandes
napas

volumosas
angulosas
aduncas
ávidas
napas

napas de laca
de gesso
de pele e osso
em sobressalto

napas de águia
cobiçosa

no rastro
da caça

napas como o teu
belo exemplar
em cuja topografia
farejo
linhagens familiares
(o nariz de papai ou do tio Toninho)

pulsões electras
indomáveis
como os espirros

*

ventos desde Faro
aos rios da prata
exalam das tuas ventas
ofegantes
sobre o meu
campo fervente

ofereço os pelos
eriçados
ao escrutínio
do teu bico
que roça meu
corpo
pântano
até afundar
em águas
sinuosas
e
subir
            buscando fôlego
para mais
um
mergulho

o cio
nas axilas
o ar
rarefeito
o cangote
ofertado

dois narizes respirando

no mesmo

compasso

HOJE SEDE É DESEJO

biblicuzinho

naquela noite não tínhamos copos
apenas corpos
acesos
e um mar de desejo

servimos o gin tónico
num vaso de vidro
um litro
de frisson
com gás e limão

riso grizante ao cair dos goles
línguas crescendo
nos eixos
entre céu inferno umbigo

teu pau babava
pelo meu

tímido
cuzinho
(até então uma gruta empoeirada)

não sei que feitiço entoaste
com teu trombone
mágico
teu cajado de
Moisés
a abrir caminhos macios
pelo mar vermelho

fizeste
do meu cu
um cálice de êxtase
escancarado
às tuas enxurradas
ao êxodo
do povo hebreu
aos mistérios do mundo
a todo
e qualquer
dito

desde que sussurrado
por ti

nas dobras
dos meus
ouvidos

SE FODO FOGO LOGO FODO FÉS

reparação

quanto regozijo sinto
ao vestir
um caralhão de borracha da Amazônia
e foder
o cuzinho
do meu frouxo lusitano
até ele ganir

quando teclamos
escrevo-te
feito uma Maria de Fátima devassa
roço a língua
de Camões
conjugo os ires
e vires
mando-te lamber-me a cona

quando chego em carne
e látex

com perfume de cumaru
te levo de coleira
pra alcova
e viro a mais cabocla
dominatrix
pombagira dos rincões
recônditos
dos meus brasis

faz sol nessa manhã
e posso te despir
do traje e
da espada
embatumar óleo de babaçu
no território inculto
do teu cu
que chamo de rosca
roela botico
liso fogoso fiofó
rego botão furico
tóba brioco
timbó

sob a minha chibata de capim
clamas por mais
rendido

a cada estocada
devoro teus cães
e solto as araras
pra voo livre
na redenção
do gozo

AO BADO FOI A JEBA A BEJA, IÓ, FODA BOA!

claquete

isso foi há 15 anos eu novinha saindo de namoro longo tateando jogos de sedução na selva paulistana me engraço com um cara mais velho que vivia uma relação aberta antes disso virar moda em Santa Cecília vamos pra casa dele na noite em que a namorada também tinha levado alguém cada um num quarto coisa de casal pra frentex eu achando tudo novo mas ótimo luz amarela de abajour nossos corpos roçando ela entra sem roupa e sem aviso começa uma discussão onde estão as camisinhas? era ciúme o tom sobe o boy do quarto ao lado chega pelado senta ao meu lado era gato com pinta de francês nos olhamos enquanto o casal brigava sorrimos podia ser um filme do Rohmer mas era melhor corta e nos beijamos corta e nos vestimos corta e atravessamos a Marquês de Itu de mãos dadas em direção a algum motel barato na Augusta.

ANO DA LOBA BOLADONA

o touro

há algo de torto
nesse touro brilhante
que atraiu a minha
fuça assimétrica

fosse apenas
um lombo perfeito
passaria batido

dizem que
de touro dado não se olha os dentes

mas eu olhei

e como luzem
os mil diamantes
brutos guardiões
de uma língua

macia
feito lesma

a língua de lesma do touro
me encharca

com a lentidão voraz
de um sopro
galgo o Kaputar
naufrago no Tejo
pasmo na ilha de Creta

a lesma andando sobre o mapa-múndi

SALTA A LESMA, PÃM! SELA ATLAS

olé

elo de dança aderente

do olhar iminente

da pele e do dente

do chifre e do ventre

ODARA TAREFA, LEVAR RAVEL, A FERA, TARADO

fenda

tua boca
entreaberta
o dente
torto
na fresta
gatilho certo
para a
enchente

fadas sensatas

ele era o ouro do terceiro colegial eu uma pirita da sétima série garoto inatingível que cruzei anos depois exibindo uma sunguinha azul na piscina da universidade "é gay" disse uma amiga "logo mais inatingível" pensei e depois quando o vi numa festa pedi a um amigo "por favor pega por mim" puxamos papo todxs da festa de olho nele eu sem nenhuma intenção de jogo logo mais espontânea nosso humor deu match os olhos também as bocas grudaram beijo bom espanto dos presentes saímos juntos romancinho gostoso máquina de pão quentinho de manhã massagem tailandesa almoço de família viagem pra Buenos Aires eu já tinha marcado e ele ia na mesma época coincidência boa pero sumiço nos primeiros dias um amigo dele pergunta no Orkut "virou alfajor ou chorizo?" ele responde "virei princesa" saímos pra um café con leche ele me conta que tinha ido visitar um crush francês rolou paixão sofri mas era pipa avoada apoiei "se joga no patron" passávamos as tardes de mãos dadas por San Telmo depois de noite ele voltava pro queijo brie enquanto eu caçava os chorizos digo os mullets mais charmosos de Palermo (me segurava para não cortar as trancinhas de Rapunzel sobre a nuca enquanto eles dormiam) o lance com o francês deu em casamento durou uma década nossa amizade segue fuerte às vezes desliza em desejos de foda mas somos fadas sensatas y migues para siempre.

A LABIOS SOY BALA

TGHTFT

o tugaheteroforte
cara de careta
200 kg de ferro
no box do crossfit
em casa gosta
de renda kinky
elixir de xixi
na testa
gaiolinha de metal
pra trancar o pau
isso não!
(respondi)
pior que aliança
de noivado

mandei treinar
de fio dental
sob moletom suado
batizei Verónica

bati de leve
cera de vela no couro
ele queria lavar louça
vestido de criada
não consenti
(datado fetiche da degradação doméstica)
Verónica é rainha
na ilha de Lesbos
papagaia nas matas de pan
cuceta feliz
unha impecável
pelo no saco
barba & batom
pode curtir!

o tugaheteroforte
não entendeu
sou da orgia tropicalista!
(expliquei)
não entendeu

queria mordaça
virilha completa

e levar ferro de pau
maior que o seu
ordens de certa megera
que era ele
e não eu

tanto claustro
não topei
bruxa boa
montei no rodo
e voei

AI PILÃO, ALI PIA!

tule

tu que pediste à deusa um macho sensível desconstruíde agora lide com essa linda bixa heteraserelepe de sombra azul brincos coloridos tanga rosa-choq e quase 2 metros de altura que chegou tombando a tua vizinhança quadrada com figurino de tule transparente e agora tromba nas luminárias de teto do teu pé-direito baixo quando não está deitada com a tromba entre as tuas pernas. uma bixa que ama buceta, amém. uma bixa que ama a tua brisa, abençoada seja. o queixo de dona Laurinda bateu nas pedras da calçada portuguesa quando a alemãlienígena passou. depois quando andamos abraçades em claro descompasso de centímetros já não havia mais para onde queixos descerem então relaxei e pensei fffodddasssse (o "ssss" da serpente contra as línguas venenosas). a brasileira puta traficante de pessoas e a bixa paneleira extraterreste brincam felizes de cama mesa e banho em doses improváveis de amizade amor.

Ô PICA DUCA! ACUDA, CIPÓ!

milonga à dorê

gosto de te ouvir
comendo o s
das palavras
nos grosos áudios
desde el adiós

espléndido chirlito
diablo puro estilo
te escuto estupefacta
na cama solita

platicamos portunhol
avançado
lenguinhas espertas
a léguas
de distância

con fuso horário
por vezes desorientao

o tango triste
diz que
no volveré

mas tasca-lhe
um samba
ensopadinho
vermute con laranxinha
quente milonga
lula libre
adoré

vuelvo al sur
porque às consoantes
prefiro as vogais
vuelvo abierta
pura língua
pero língua pura
jamais

A BUCETA LASSY BAILA ALI ABISSAL ATÉ CUBA

língua solta

língua solta
rolezeira
entre céu e
véu
fala sobre falo
ave rasteira
nunca à míngua
nem desmilinguida
trapo farto
de alívio
e saliva
lambisgoia do palato mole
e duro
salamandra em saltos
em repouso também
(às vezes calar
cai bem)
átimo antes
do rodopio

língua piando
papos sem papas
pipa afiada
navalha-me deusa!
língua de fora
despe o rei
e cospe
outras evas
outras serpentes
lambe
peixes
paixões
perigo
no babado
da lembrança
língua é música
ao pé do ouvido
a boca cheia de nuvens
abre chuva
de lábia
língua viva
lambança & mandinga
cuidado!

se passar faca
nascem outras
mil línguas

A SIRI RI SACI, RICA SIRIRICA!

mamma mia

dos mais inusitados jantares eu ele ela o bebê deles dormindo no quarto ao lado comemos pizza rimos com vinho ela chega me beija macio enquanto ele vai checar o alarme da babá eletrônica toque suave cheiro de talco mamas pingando bebê dorme nos pegamos os três no tapete da sala depois de afastar o mordedor chocalho e o livro sonoro de animais fofinhos ele um urso a farejar caça ela uma garça de danças sublimes eu abelha operária e rainha nos saciamos em revezamentos entre berço e sofá farra e carinho "não posso contar isso no grupo de mães do WhatsApp!" ela ri do alto de seu puerpério desejante dou rasantes por suas flores de manjericão e ela gazeia: as mães também gozam.

valsa das vulvas elétricas

na colcha kitsch
três tigres tristes
na cama king
três gatas chics

valsa das vulvas elétricas
clitoras lambidas
na vibe do vibra

valsa das vulvas
elétricas
clitoras bandidas
na vibe do vibra

balé de bullets
arrocha da arraia
bits de rabbits
plugs on fire

vem cá!
senta na tora
giratória
espia a glória
na boca do vulcão

conchas na cama
colcha no chão
estopim!

jato de lava
no plush molhado
três tigres pisados
três gatas
tupiniquins

jato de lava no plush molhado
três tigres pisados
três gatas tupiniquins

jatodilavanuplushmolhado
trestriguespisados
tresgatatupiniquim

perdeu, tigrão
o trono agora
é das queens

O TORPOR EH LUME, MULHER O PROTO

lume

dos seus atributos
amei sobretudo
os defeitos

o dedo em riste
mutilado e torto
girando em torno
de um argumento

o excesso de vento
a falta de jeito
a falta de dedo
o excesso de zelo

a casa imperfeita
até a carcaça
desfeita
no lume

o amor persiste
enquanto
os defeitos
nos deslumbram

desgruta

encontrar comparsas
para desfrute da gruta
e usufruto
da massa

na mata vasta
há seres e mistérios
do verde ao
carmim

desgruta
sopra teu fruto
pelos confins
que te
convêm

desgruta e venta
teu corpo

pelas nuvens
que te comovem

desgruta
em vai
e vem
comigo
e sem

é um prazer te ver
sorrir
(não só pra
mim)

sogno

sonhei que encontrava
Danilo Moreno
guardião das orgias encantadas
na Fontana di Trevi
rodopiando o tronco esguio
sob chuva fina
            (uma chuva quente
            uma chuva de leite)

era Roma e era
Salvador, meu amor
mundo roda vlas, vrau
arrecifes
em chile verde
rola, que tal?

pós abraço ele
vira
Andrômeda Gentil

drogatta e relax
amante do latte
primordial
que escorre pelas pernas

“o segredo
da buona vita
é o jorro da plenitude”
Gentil me confessa
antes de
esvanecer
em bálsamo

Mund/Mond

da boca
à lua
o mundo todo

AÍ EH CAULES E LUA CHEIA

haiku

lua cheia
instiga o grilo
e acorda o galo

ramen

buscava uma loja de discos naquele centro comercial labirinto em Osaka restaurantes bares sujos lojinhas embaixo do viaduto depois de perguntar pra cinco pessoas onde ficava a Hook up Records sem sucesso surge uma mão apontando a escada escura "nikai!" subo abro a porta um cara sozinho entre vinis óculos de aro preto *Tropical Dandy* do Haruomi Hosono na vitrola a música com trechos em português "às três horas e tal pouco a pouco vai saindo da capital toma um cafezinho e tira uma pestana come remeleques lá em Carolana" dou risada e digo "that's Portuguese! i'm Brazilian" ele diz simpático "love Brazil" fala "Caetano Veloso" eu mando um "hai!" Gilberto Gil Gal Costa Hermeto Paschoal ele empolgado yeah yeah yeah! conversamos sobre música brasileira e cinema asiático só dizendo nomes seguidos de muitos yes e alguns no! Wong Kar-Wai ganha um belo yah Kurosawa rechaçado com careta de repente mando um Nagisa Oshima *Ai no Korīda* mais conhecido na minha terra como *O Império dos Sentidos* ele sorri vermelho escreve no tradutor que tem que fechar a loja e ラーメンが食べたいですか？rāmen ga tabetaidesu ka? quer comer um ramen? digo hai com cara de faminta ele abre um recinto pequeno com cama e cozinha começa a ferver a água corta as algas o gengibre umas coisas que não sei o nome coze dois ovos pega o mirin o udon o polvo já pronto da minigeladeira corta em pedaços a cada pausa me fita calado sorriso de canto eu salivando apenas observo suas mãos furta-cor com escamas transparentes comemos em silêncio sentados frente a frente os olhos colados os ovos deslizando as bocas sorvendo o caldo ruidosamente até a última gota quando pouso a tigela sobre a mesinha de madeira abro as pernas e começo a levantar o vestido com vagar revelando a ausência de calcinha sobre minha suculenta e peluda ostra que ele calmo porém preciso não tarda em degustar com língua de lamen e tentáculos de polvo nos banqueteamos com shoyo até as três horas e tal caímos num sono de mar pacífico.

É UM AVAL ESSA VOZ, AS OVAS SE LAVAM, UÉ

concha

no marasmo da tarde
quente
a lesma
ocupa o ar
da concha
como quem toma
a garupa do louco

a lesma
espirala
penetra
escarafuncha
a concha
com sua solitude
de água
mole

inspira
e expira

o calcário dos dias
até derreter
o aconchego
até gastar
a borda
da vida

quem entra
na concha
prepara uma saída

(*com Jurgis Baltrusaitis e Gaston Bachelard*)

A PURA GATA MATA GARUPA

oração

surubão chuva de verão na cama de viúva de Carlinha um dois três quatro cinco seis sete corpos boquiabertos deitando línguas por lençóis freáticos confluentes pausa estiagem no segundo tempo dois desistentes (o excesso pode levar à brochança) segue a orquestra de cinco bocas fiéis orando decibéis alados pelas janelas da pacata vilinha em Laranjeiras bonança inesquecível que amanheceu vergonha Carlinha não bancou os olhares vizinhos e se mudou de casa logo depois mas a esbórnia ficou lambida no ouvido dos números ímpares e até hoje faz chover.

SOM + EROS = OREMOS

com todas

Que tens, caralho, que pesar te oprime
que assim te vejo murcho e cabisbaixo
sumido entre essa basta pentelheira,
mole, caindo pela perna abaixo?
BERNARDO GUIMARÃES

o outro disse que era cabaço
nessa coisa de esmolecer
(os olhos jurando mentira)

da minha parte
não via embaraço
no fato
em si
apenas no
desmonte
do ato
na falta
de sopro

frente à falta
de falo

mas ele
ele
disse assim:
não se sinta especial,
acontece com todas!

gargalhei
e gamei
e gemi
e amei
(e amo)

acarinho o descanso
com apreço
engulo a queda
com gosto
tiro casquinha
do poço

e rio

sempre rio

o riso faz fluir
o rio

jacas

acordei jaqueira
plena de frutos imensos
sob a chuva incessante
da querência

a persistência da gota
a perspicácia da água
que nevoa
os olhos

vem cá
lê o braile do meu tronco
e verás
o líquen das coisas
que molham

o mapa todo
no baile da tua
mão

sou jaqueira
plena
de frutos imensos

meu suor
gosma de lesma
rendado nas
avencas
abre céu

e as jacas miram
o chão
as jacas
miram o chão

no sopro do céu
no pulo da gota

o céu o céu o céu
e a gota

a gota
a gota
a gota

e outra
gota

as jacas tombam
para abrir sementes

SOM SOCO! SOA COMO CAOS O COSMOS

lusco-fusco

teu rosto ao lusco-fusco
meu corpo ao manto sem lua
memória difusa de uma noite quente

ajoelho devota
sobre a madeira
engulo teu astro
nebuloso
e loto a boca de deleites
enquanto pesco
as notas
cadentes
da tua mandíbula aberta

os tons de azul
e prata
fusionam
como nos abismos do rio Adônis

cometes atos
cósmicos
com tuas asas
firmes
e as duas patas
baluarte

eu balão veludo
flutuo
no céu cheio de anêmonas

via láctea

paira sobre a nossa carne suada
poeira purpurina
rasa
galáxia de desejos instáveis
que ora
reluzem
ora calam

dedilho o rastro pontilhado
da tua cauda radiante
como quem caça pequenas
formigas
chacras coloridos
em mil estilhaços

fundo na pele
encontro tua pelve
de ouro trépido
ressoando ondas sutis

dos seus plexos
e ilíacos

farejo enxurrada
erosão latente
pelos
túneis
fluido quente
nas fossas e cristas
de pedra

fervemos cristais cintilantes
até fundir o manto
e o núcleo
da terra

fodemos
e já não discernimos
as línguas dos lábios
as glandes
pequenas grandes
prepúcios precipícios
esponjas cavernas

no ápice do vapor jorramos cometas
e morremos juntos
lácteos
corando a noite eterna

montaria

apelidei-o de um homem com uma dor porque ele flanava melancolia pelo centro da cidade de colete cinza alfaiataria e relógio de bolso pendurado feito chumbo nunca gostei de homens altos mas fiquei pirada naquele príncipe romeno gigante olhos castanhos esculpidos pelos espasmos dos Cárpatos lápis preto e cílios longos guardando o choro do abandono a ex tinha deixado a casa as gatas o gato carente de colete cinza seis meses na sofrência dei um trato quando nos esbarramos massagem com patchouli nos 197 cm de pele de seda tatuada com rabiscos constelações setas e flechas ao abismo a pele mais macia que minhas mãos já tocaram o pau enorme como o pé os joelhos e os dentes raramente à mostra eu cavalgava olhando fundo aqueles olhos tristes até vislumbrar ternura e espanto engolia os dedões das patas para ver a sua boca sorrir ouvíamos os 37 minutos de *Olé Coltrane* em looping até cairmos exaustos eu sonhava a noite toda com incêndios e cavalos cinzentos pelos campos da Transilvânia de manhã quando ele começava a delirar sobre Proust Deleuze e música eletroacústica o alarme do meu celular gritava reuniões e planilhas ele guardava o relógio no bolso e partia elegante flanando melancolia pelo centro da cidade a sombra da dor já um pouco mais baixa o meu dia mais alto em devaneios de montarias.

A SUA PEDRA. SOPRO CORPOS. ARDE PAUSA

a mulher geológica

a mulher geológica
coalha metais pesados
na agalma de mármore

gera moldes
de massa metamórfica
feita para quebrar

desagrega o gesto
das mãos
e orquestra o vento

gesta no germe
em leito telúrico
gerações de degeneradas

tira leite de pedra
faz das rachaduras
fonte de néctar

perpetua as falhas
talhadas nos ossos
que são lume e rocha

a mulher geológica
expele a resina
e cola a própria fratura

tomba estruturas
canta dos escombros
um pilar

borra as bordas
do dentro e do fora
dobra as horas

e sempre volta
mas nunca volta

no mesmo lugar

O FOGO ASSA AMANTE, ETNA MASSA O GOFO

etna é um nome de mulher

nas basálticas veias
das tetas tectônicas
fissuras
sussurram
a magnitude
do magma por vir

seja bomba
ou seja pluma
a fumarola é réptil
e a fúria é fértil

crateras guardam
enigmas
fundidos a berro
e fogo
na forja da terra

mil cones
abocanham o vento
cozido
com gozo
no ventre caldeira

depois
cospem de volta
a vida ígnea

feita de
cisma
e
erupção

língua solta em cuca dura tanto late até que cura

FLORA LAHUERTA

é mestre em Geografia Humana, antropóloga acidental, pesquisadora poliglota, produtora de filmes e da vida, cuidadora de pessoas humanas e não humanas, colecionadora de histórias e fiel seguidora de Eros. Já foi DJ em São Paulo e criou cabras no Alentejo. Atua no trânsito entre palavras, sons e imagens, entre o campo e a cidade, entre Brasil e Portugal. Atualmente vive em Lisboa, onde finalmente se assume como poeta e escritora. *Língua solta* é o seu primeiro livro de poemas.

PRIMEIRA EDIÇÃO
–VERÃO / INVERNO–
BARREIRO/COTIA
MMXXIII
JULHO